菫橋

竹井紫乙

港の人

こんにちはぽろぽろ。さよならぽろぽろ。

菫橋　目次

菫橋

菫橋　10
拝啓、川原君　13
お菓子のままで　16
りぼん　19
かび　21
いもうと　23
水色　25
森で暮らせば　27
四ツ目ちゃん　29
羽根族　31

青い鳥　34
かいぶつ　36
敏感な家　39
フクシュウ　41
母喰鳥　44
うつむく　46
風呂敷は紫　50
ドライクリーニング　52
こう　55
村　57
みやこ　60

十二単　64
ハロー、ワーク。　67
死神　71
エチュード　73
food chain　76
おばあさんになれたら　78
初出一覧　82

対話
ぼれろ　柳本々々×竹井紫乙
ずれてゆく　84
なぞなぞ　96
ゾンビ　107

董橋

菫橋

どの路地を選べば行けるえれがんす
坊さんと一緒に渡るすみれはし
君はまだ碁盤の目状保ちつつ
色褪せてパステル調の顔になる

土曜日の親切はみな木瓜の花

自転車をただ見つめては橋の上

橋ばかり連なる町の梅の酒

清潔なマンションに会うお昼時

幸福か日陰の探せない町で

すみれはし流れる川は澄みきって
濁ってる君は丸太で流される

拝啓、川原君

川原君は駄菓子で出来ているね
恋人を連れて愛人を訪ねる
罰当たりして猫あたり犬あたり
約束は破ってもいい川向う

喜んで壊れてゆくよアーケード

ひとひらの花びらになりぺったんこ

片肺がぺこんと弾む捨てられる

雑談が二度とできない川原君

話したいことを地面に埋めている

標識の点線ゆれる消えかかる
流星が潰していった安長屋
あとかたもなくなっていたお赤飯
からっぽになった祝いのワンルーム

お菓子のままで

本棚の特等席の狆の顔

謝れば済む年頃であるケーキ

ジャムのままでいる覚悟はできてるか

ぜんざいは不安で餅は揺れている

羊羹の中なら住んでいいですよ
でも今日は生クリームに溺死する
ふわふわのケーキの上の猫の顔
うっとりを絞り続けてラベンダー
プリンを崩すナイトフライト　あまい

ぼったくり移動遊園地　行きたし
つぶあんとこしあんがあるさめたまま

りぼん

結び目が作れないけどほどくけど
冷凍が長すぎたからちょっと病む
終わるまで何度も通過するハサミ
回転をするしか能がないりぼん

褪せるまま箱で居眠りするりぼん

罰という贈り物にも在るりぼん

引き出しの奥のりぼんが発熱す

かび

あね姉と名無しのままで黴てゆく

姉さんは色褪せているパンシロン

聞いたことない病気だと言っている

遊園地姉に尾行をされながら

姉さんは何もできないくせに姉

洗濯を繰り返しても黴る姉

蹴とばせばみどりが薄くなる増える

いもうと

熊なのか猫なのかもうわからない
少しだけお揃いらしいワンピース
抜いた牙　花束を贈られている
妹は熊の毛皮を着ています

リボンかけフリルで飾る熊娘
私よりお洒落をさせてあげたはず

空洞の心臓のままクリスマス

妹がなりすましてる熊の嫁
熊のまま年老いてゆく妹は

水色

石けんはいい子ぶってるわけだよね
ですですですあなたのことらいです
溶けかけの氷のような目で笑う
少年のようだと言って抱きしめる

不可。お嫁さんにもお婿さんにも

まだ外は明るいらしい水の色

溺れつつスノードームの水が減る

洗顔のひとときき魚らしくなる

まだ皮膚になってないから大丈夫

森で暮らせば

片肺にボリス・ヴィアンを住まわせる

ムーミンと同じ顔色の子ども

異星人日増しに口の中を噛む

人形のまつ毛を抜いてゆく散歩

眠り姫いつも誰かが触れている

籠の鳥味わうための一時間

霧雨を集約すると猫になる

カレーから耳だけ出している子ども

暗闇でアンパンマンが指図する

四ツ目ちゃん

四色のお目目に花が咲いている
特注のとても大きなコンタクト
眼球に細かい蔦が絡まりぬ
お菓子しか目に入らない四ツ目ちゃん

背中からドロップキックしてもらう
スイッチがやっと見つかる後頭部

羽根族

甘ったるい瓶詰めの妖精
ガソリンの中から精霊が湧く
セーターに疑問の卵産みつける
沼地から届く航空券と地図

抜け殻を二体被ってこんにちは

召使い選ぶ飴ちゃん舐めながら

横顔が森の一部になっている

きんきらの折り紙貰うまでの仮死

止まらない鼻血で作る赤い薔薇

おでこからアンモナイトを出すところ

折り紙がよたよた歩く虹の橋

真夜中の枕の中のこびと臭

黒過ぎるまつ毛の先に垂れる神

生きてるよ線の通りに切ってみて

青い鳥

ローソンで大人になってしまいます
間違ったコピー重ねている体
あの人は銀色だからつめたいの
透明になれる薬を買ったはず

かなしみを孕む処方箋をもらう
輝いてどこにも使えない部品
真っ黒けお菓子の壁に虫が湧く
泥まみれ沈んだままの青い鳥
残骸は融和の証しでしたっけ

かいぶつ

抱きすぎて死んでしまった男の子
断片をかき集めたらフランケン
家系図にひとりを刻むフランケン
縫えども縫えどもはみ出す心臓

臀部から余計なものが垂れ下がる
内戦の意味を教えて吸血鬼
箱入りのドラキュラ公を解剖す
はにかんで怪物らしくしおらしく
窓枠を盗んで行ったフランケン

背中からかいぶつ剝がす三面鏡

脱皮後は行方知れずのフランケン

怪物の抜け殻を干す千里丘

敏感な家

押し入れの中でゆっくり出す子宮
おぢさんが窓の中から生き返る
細長い廊下でくらげになる男
暴れても逃げ場はまるで無いプール

物置で血を吸っている古道具
散り散りの手足に出会う大広間
責任を取れよと泣くよおぢさんが
乾電池入れて仏壇震えだす
生贄がむくむくになる雲の上

フクシュウ

戯れの始めにめくるカレンダー

やわらかいあごにポケット付いている

缶切りのぐりぐりだけを味わいぬ

痛そうな顔が見たいとねだられる

「かなしい」と鳴くまで眠らせぬインコ

桃色になったことなら許します

昨日よりはんなりとしている指紋

幸せな人がもぎ取りに来る骨

好物を買って私が食べている

甘やかな匂いをさせて広がる火
焦げている両腕とても欲しかった
手触りはどうでしたかと蛸が訊く
奪われてよい部分ならもう無いよ
神様あれ、わたしをためしましたか

母喰鳥

空腹のスイッチがある電子辞書
くいだおれ太郎と乗っている電車
足首はからから川を所望する
スカートはひらひら入り口ゆらゆら

肉食の名残を隠す薄い口
同じ場所ばかり啄む母を喰い
嘴の端の他人はとても美味
終わらない食事で羽根が消滅す

うつむく

お布団で百問のクイズを浴びる

偽物の猿を貰った暗い部屋

貫入が広がってゆく水の玉

柔らかいタオルの上のお中元

上滑る体ばかりの海の家

手の平の鯛焼き雨を呼んでいる

冷凍のガラスケースの自己規制

月光の隙間ふるえる領収証

ポストには冷たい芯があり拾う

さよならができない病やまいだれ
かもになるほうがらくだとおもったの
ひとあしがデタラメと鳴くふたあしが
ぽんこつでとても都合がよく白い
薄闇の手繋ぎが済み餡を漉す

景品に冷たい顔を持ち帰る

風呂敷は紫

誓いますかなりいびつな良心に
絵空事の限界デイリー六法
雑巾が溺死で有罪のバケツ
あたしたちこんなに愛があったのね

自転車の君と私は人さらい
こじらせたお伽噺を切り刻む
すみっこでわたしはなにをされてるの
財産のひとつに優しそうな顔

ドライクリーニング

風鈴と冷やし毛皮を売り歩く

折檻や冷凍毛皮に包まれて

埋没は毛皮に任せ失神す

毛皮の空洞からもれる細い目

人でなし人面鳥に告げられる
種を取る君は私じゃないけれど
幾万の毛皮が雪崩れ込んで来る
貪婪な温室のなか毛皮鍋
何食わぬ顔して混ざる晩御飯

押し花と一緒に眠る押し毛皮

こう

失敗をみんなおいしいですと言う

標本にして下さいと泥まみれ

心より体が深い銀の台

島中の甘いトマトを買い占める

本能は崩れることにあるおでん
死んででも生きてることにしてあげる
百年目墨を吸うのを待ち続け

村

あくまでも「その他」の人として帰る
出がらしになったと思っていたでしょう
異端にはなれないらしいかすていら
るつぼには全員揃っていてごめん

裏側の壺はずいぶん軽い口

折り方が間違っている鶴の首

背を丸め赤子を食べるおじいさん

処女膜の切れ端探すおばあさん

小娘を青いペンキに浸けておく

おはじきの金色だから混じらない
真っ黒なお腹をこぼす粒あんで
酷薄な出鱈目を売る露天商
窓枠を全部外して檻とする

みやこ

召人は少し笑って裏切りぬ

稀人が口からこぼすシャボン玉

狛犬の口から洩れる裏祝詞

ミニバラがびっしりと咲く切断面

大安を少し焦がすといい香り

入れ子式大黒天の笑い死に

まっしろな布巾つないでお葬式

境目に牛一頭が横たわる

召使い腰から下を取り換える

ビニールで継ぎ足している慰霊祭
おいなりをふんわり運ぶ催眠術
常に晴れ。たぶん正しい巡礼者
アカイロがめぐる神様の領域
木琴の音色を持参してきてね

桜守死ぬるティッシュが滲んだら

十二単

氷室から文例集を素手で出す

鉄分で音楽になれないジャージ

制服で泣き遅れたらずっと晴れ

制服のどこかがいつも溶けている

紺色の女の子のままでいいよ

ネグリジェを開いてゆけば水死体

繃帯とマスクで渡る鶴の髪

肉を焼く煙の中の万葉集

糟糠の妻をリュックに詰めている

乾物になって誰かの台所

骨揚げの空間に舞う女偏

歌垣が続くよぬかるみの地層

ハロー、ワーク。

真っ白な顔に生まれてしまったの
なんにもしてないけど蕾が増える
曇天にポリフェノールが不足中
そこからの意味を教えて昇降機

軽く押す派手に壊れてゆくんだね

福助の一部を募集しています

陽炎になれるブラウス値下げ中

コンビニの棚に酷薄女子並ぶ

正論を炊くとほろほろ鍋が鳴る

うなだれて夜を引きずるシクラメン

ジェネリック医薬品なりのモナ・リザ

カラメルが焦げた部分の繰り返し

同僚が次々鳥になるデスク

信号が安定感に欠けている

乙姫は印を残すのが掟
かさぶたが集積すれば喋り出す

死神

死神が熱中症で行き倒れ
死神は母が死んだと泣いている
後悔が喪に服してるピクニック
水鏡ほんしんなんてありません

白線で囲えば家族忌となりぬ

屈折が黒い日傘をさして立つ

エチュード

水ばかり飲んでいないで遊ぼうよ
ピラニアの口の形に従って
妖怪の卵が届く着払い
獣から少し離れている尻尾

一部分犬の裸に触れている

at last触れれば粉になる蝶々

心臓が雲の形になる過程

つめたいが追いついて来る昼下がり

目がボタンお迎えに来たのはだあれ

透明な尻尾と鈴でどこへでも
くるまれる小豆つぶされてる彼岸

food chain

ところてんみたいなものを入れられる
漬物のさびしさとてもおいしくて
食パンとしては長生きしたいです
牛すじがこんなに溶けてゆくならば

革命を一人で終える高架下
評価とか要らんし京都タワーやし
パン屑のような約束だったのに
そっと塗るおばちゃん入りのオロナイン
発熱がおさまる　やっぱりかなしい

おばあさんになれたら

幸せでまつ毛は白くなるつばさ

カーテンの奥は見なくていいんです

コンビニの焦点ずれたにぎり寿司

フラワーに埋没してるおばあさん

花として扱うことは可能です

頭蓋骨ゆるめるためのバラ科の木

父の日母の日子供の日むさぼる

舟漕いで流行り病を買いに行く

清潔な不機嫌ですと回覧板

ぎっしりと部屋干しの蝶ぶら下げる

ごろごろと目から小石を産み出して

お腹だけピンクのままのおばあさん

白線の内側鳩と待つ電車

偽物の車掌に渡す乗車券

消える時どんな匂いになれるかな

初出一覧

風呂敷は紫「川柳スープレックス」二〇一六年二月一日

ドライクリーニング「週間俳句　Haiku Weekly」第四八〇号　二〇一六年七月三日

対話

ぼれろ

柳本々々 × 竹井紫乙

ずれてゆく

竹井紫乙（以下、竹）　私と々々《もともと》さんのずれには当然、個人差がありますよね。共通するのは自分がずれていることを自覚しているところぐらいでしょうか。

柳本々々（以下、柳）　その、自分がずれているってことなんですが、僕は、現代川柳ってそもそもがそういうずれを抱えているところがあると思う。時実新子さんの『有夫恋』なんかも夫がいるのに恋をしているっていう恋愛のずれが起こるわけですよね。

竹　あれはとってもわかりやすい造語で。男女関係のずれを表現する方法としては、当時としては斬新なやり方だったのでしょう。

柳　斬新だし、わかりやすいですよね。俵万智さんの『サラダ記念日』も三角形の恋愛ですよね。三角形の恋愛の構図はそれだけでドラマですから、ただ単に相手に「好き」って言うだけでも「好き」が複雑になるでしょう。だから短い詩でもドラマが持ち込める。新子さんは一つそういう感情の入門書みたいな川柳を展開したんじゃないかな。それは凄いことだと思うし、またその感情のドラマってきっと現代川柳には向いてたんですよね。みんな感情のドラマを抱えてますからね、生きてると。俳句だったら、切れや切れ字や季語でそのドラマを抑える方向に向くかもしれない。だから俳句だとトゥーマッチの感情かもしれないけど、川柳だったらむしろそのトゥーマッチがいいよ、って。

竹　時実新子の『有夫恋』は、私が高校生の頃に世間で話題になった川柳句集です。当時、マガジンハウスの『鳩よ！』で紹介されていました。読んでみたのですが、正直に言うとかなり拒否反応がありまして。作者名と句は脳裏に刻み込まれましたけど、こういうのは私には向いていないと強く思ったのを覚えています。それは川柳というジャンルを意識する以前の問題で、時実新子と同時に林あまりさんの短歌作品も掲載されていたのですが、どちらの作品も強烈過ぎてついていけなかったんです。

柳　うーん、そうなんだ。少し意外ですね。でも僕は強烈って意味では、紫乙さんの『ひよこ』も強烈だったけれど。それは同族嫌悪みたいなところはなかったんですか。でもなんだろうな、紫乙さんの川柳はストレートでありつつ、ずれるでしょ。川柳って家族に関するものも多いですよね。今回の句集にも「不可。お嫁さんにもお婿さんにも」があった。どちらかというと現代川柳が描く家族は意地悪でネガティブでたくましいものだと思う。どうしても収まらない家族意識。この「不可」みたいに。そういう家族へのずれとか違和とか複雑なものってあるんじゃないかな。

竹　同族嫌悪とは言えないかな。『有夫恋』が出た頃、私はまだ子供だったので。

それでもって当時よく読んでいたのがジャン・コクトーだったりしたから。選択されている表現の方向性が違うでしょ（笑）。同じ頃に初めてきちんと読んだ短詩の本は寺山修司の歌集でした。これも短歌に興味を持ったのではなくて、寺山修司の映画を深夜放送で観て面白いと思って、たまたま家にあった本を読んだだけのことで。未だに時実新子の作品では晩年のものが好きです。いい意味でドライですから。ところで々々さんのご指摘通り、川柳は家族ネタの宝庫です。家庭って人間関係の基本で、川柳は人間を描くことが多いので。どんな家族関係にも、微妙なずれは存在しているものですが、私の場合は母が二度離婚しているので、簡単に言えば複雑な家庭環境で育ちました。だから家族や家庭のずれにはそもそも敏感なんです。

柳　紫乙さんの川柳、恋愛に関するずれがたくさん出てきますね。あなたを大事にしますよと相手から言われても、ふーんそうですか、ってどこかで相手に思うようなずれがある。一方で、あなたを大切にできないって言われても、でも私があなたを大切にしてあげる、ってなんかこう少しひねくれた奇妙なずれがある。強さでもあるんだけれど。奇妙な強さ。不思議な強さって言ったらいいのかな。「種を取る君は私じゃないけれど」の句なんか象徴的で。「種を取る」っていうその人のためにしてあげているようなコミュニケーションの中に君は私じゃない、っていう前提が出てくる。私は君じゃないし。はっきりしてますね。君は私にはなれないんだよ、って。私とあなたに関するはっきりとしたマニフェストです。

竹　君は私じゃない、私は君じゃない、っていうのは強いですね。その前提の下で人間関係を築きたい。というか、事実、そうじゃない？　誰との関係も。

柳　僕なんかは、あなたは僕かもしれない、ってところがあるから（笑）。過去に僕はあなただったかもしれないし、あなたは未来に僕かもしれないって。どちらにしても、そういう私とあなたをめぐる関係のずれのようなものって、紫乙さんに還元するんじゃなくて、そういう世界の根っこのずれを川柳はずっと探求してるんだとも思う。僕は川柳は人間を描くんだと思ってるけども、同時に人間や世界のズレも描いていくんだと思うんですね。人間じゃなくなっていくことも含めて。人って生きてると、多分、愛とか憎しみの中で人でなくなる部分も含めながら生きていくんじゃないかな。

竹　そうですね。人でなしになることとも。川柳が世界の根っこのずれを探求するというのはよくわかります。書き手によっては、そのことを意識的に表現できる人と、無意識にやってしまう人、全く考えない人、とに分かれるでしょうけど。方法論、という言い方をしていい部分ですね。

柳　紫乙さんの句集の風景って僕は何度も見ていた風景だと思ったんです。なにかこう、生きることを彷徨《さまよ》う風景というか。だからそれは、うーん、僕が高校中退して初めて見えた風景なのかなあって。失敗の風景というかね。失敗によって、増えていった風景というか。

竹　本当に私は馬鹿馬鹿しいことばっかりやってるなあと思います（笑）。

風景といえば昔、時実新子に月に一度、郵便で句を見てもらっていた時期があるのですが、初心の頃に「外部の情報や時代性など無視して自分の世界に引きこもって句を書けばいい」というアドバイスを受けたことがありました。これも方法論の一つですね。自分の中に深く潜っていくことは、全然世界が狭いことではないですから。けれど、ほんの少しだけ、勇気は必要でした。ちゃんと潜水しましたけどね。そこにはやはり、そこなりの風景がありました。

柳　そんなアドバイス貰ったのかあ。普通は外にどんどん出て行って、いろんなことを経験しなさいとか言われますよね。いいアドバイスですね。僕は部屋の中でも冒険できると思ってるし、それこそ川柳っぽいですよね。短詩って、目先の冒険というか、目を微分していけば、見ているものを分割していくだけで世界は広がっていくんだっていうその証明みたいなものだしね。

竹　その頃まだ若かったし、一人で暮らしていたのですんなりそういうことができました。その後、いろいろなことが起こって大変だったこともありましたけど、水泳と同じで一度やり方を覚えてしまえば何とかなりましたね。

柳　だからなんか引きこもっててもべつに負けじゃないというかね、負けそのものを考えさせるというかね。川柳は何故か、失敗とか負けることとっていうのが多いと思う。最近、久保田紺さんの句集を読んでいてもそう思いました。紺さんはどこかで健全な人々をすごくシニカルに見ている。また、不健全な人々もシニカルに見ている。どっちの人々をも、です。へーあなた方はそうなんですね、って。勝ち負けじゃない世界、距離感って言えばいいんですかね。

竹　紺さんは川柳もご本人もシニカルで面白いし、恐い人でもありました。

ある勉強会で、紺さんの句があまりに見事なので周りの人たちが自句自解をもとめたことがあるんです。ノリのいい方ですから率直に説明されたんですが、拍子抜けするくらい、方法論というものを意識されていなかった。不思議だなあと思って後日、書き方について個人的に質問してみたら「私はこういうふうにしか書けないから」という返事が返ってきました。理屈じゃないんだ、ということで。

今振り返って考えてみれば、紺さんは現在の私の年齢にはすでに闘病生活に入っておられましたし、あらゆる意味で余裕というものがなかったはずです。必死で生きようとしている最中に句を書けば、ああいう世界との距離の取り方になるのは必然だったのでしょうね。

柳　僕ね、青森の『おかじょうき』のむさしさんにお会いした時に思ったのがね、むさしさんは「わたしはインチキなんですよ」っていうのが口癖なのね。で、僕はむさしさんの自分を見る視線がとても面白いなと思って。自分をインチキだなんて自分を下げる言い方なんだけど、同時に自分との距離を生み出す言い方でもありますよね。そのインチキって距離感からすごくいろんなむさしさんの野性的な想像力が生れてくるんだと思って。世界そのものとダイレクトに繋がってるようなむさしさんの川柳を見ていると、そのインチキって言葉は象徴的だと思ったんです。だから人は各自、距離を生み出す何かを持っているんじゃないかな。むさしさんはインチキではないんですよ、もちろん。でもそういう自己認識をあえて持ってるわけですよね。

竹　その話、なんかかっこいいですね。ダンディズム。

柳　僕は時々紫乙さんの『ひよこ』の時実さんのまえがきを読むけど、あの「まえがき」ってとってもインパクトがあったんです。紫乙さんのあの「あとがき」もね。「あとがき」で泣いていたことを書いていたでしょう。「あとがき」で泣く人って珍しいなと思って。つまり、自分に泣いているわけじゃなくて、新子さんとの関係性のなかで泣いてるわけでしょ。いろんな理由で。あの『ひよこ』にはいろんな関係性の句が出てくるけれど、そういう「まえがき」や「あとがき」もそれらに深く関わり合いがあると思って。だからとても印象的だった。

竹　えーと、第一句集は選句、序文、装丁、すべてを新子先生が手掛けてくださってて。ああいう作業って、とっても大変でしょう。何もわかってない私にも、そのくらいはわかっていて。で、本の作業が済んで、印刷所に回す前くらいに新子先生が入院されて。お見舞いにちらっとだけ行かせてもらったんですが、びっくりするくらい、具合を悪くされていました。何だか申し訳なくなってしまってね。序文を初めて読んだ時、泣いてしまったんです。それは申し訳ないなってことで。今読み返すと「ありがとうございます」って気持ちなんですけど、十四年前は「すみません」って感じで。当時は無我夢中だったので、句を一句一句完成させるだけで必死で。それであんな「あとがき」になってしまった。私はかっこいいことができないんですね。泥臭い人間なんで。川柳の先生が時実新子でよかったところは、いわゆる添削をしなかったことです。少なくとも私は句をいじられたことがなかった。句集制作の時も、あくまで選句をしていただく作業で、おおまかな章立てや句の並びは私が決めた通りにやらせてくださいました。

柳　僕は新子さんについて一度考える機会を貰った時があって、新子さんって実はすごくいろんな川柳の引き出しに挑戦した人でもあったのかなあって思ったんです。感情派だけでなく、言語派でもあったというか。それはそうだよって言われるかもしれないけれど。だからね、その影響っていうものも、別に遡って考えるやり方があってもいいのかなって。紫乙さんからもう一度新子さんを読み直してみるとかね。そういう豊かさがあってもいいのかなって。あの新子さんの「まえがき」はそういう未来の余地もあると思うんです。

竹　「未来の余地」っていうなら、それはそうですよ。作者である私の柳歴が、あの句集を作った時点で浅いですから。時実新子は柳歴の長い方なので、全句集なんか読んでいると面白いですね、変化がよくわかって。でも長く書いておられる方は皆さんにそれぞれの紆余曲折があるものだから。

柳　紫乙さんの川柳は、はみ出してしまった人達を描いてますよね。そこら辺が自分に強く響いたのかなと思ってます。それはとても強いインパクトがありました。

うまくいえないんだけど。紫乙さんの感情の強さって、なんだろうなあ、あの劇作家の岩松了さんにこんな言葉が確かあったんです、「人は生きたいと思うぶんだけ、死にたいという願望も持ってる。そのバランスをいつもわかっていたいと思う」。生きたいと思う権利があると同時に死にたいと思う権利も守ってほしい、って。紫乙さんはそういう生死のフェアなところがあるんじゃないかって。そんな気がするんだけどな。生きたい、死にたい、じゃなくて、そのどちらをも同時に含んだ場所というか。どちらも同時に見つめてるというか。今回の句集でいえば「終わるまで何度も通過するハサミ」という句の感じの、痛みも含み込んでいく感じというか。生きる中に滅びの過程も含まれるというかね。

竹　「干からびた君が好きだよ連れて行く」という句をこれまで何度も取り上げてくださいましたね。この句もそうですが、フラットな目線で書く、ということは意識的にやりました。前のめりになるのを避けたというか。話していて改めて気付きましたけど、書き方や書く時の立ち位置というのはやっぱり意志そのものですね。

柳　紫乙さんの『白百合亭日常』に「家族ってこんなのかしらレストラン」っていう句がありますね。例えば『ひよこ』には、自分が家族を作ろうとする人が万引きした本を持ってくる。「お店から盗って来た本くれる彼」。そのときちゃんとした家族が作れないし、そもそも壊れたところから壊れた家族を作らなきゃいけない。でも家族なんてないんだ、幻想なんだ、と放棄もしていない。そういうところに留まり続ける「かしら」という距離感が紫乙さんの川柳なんじゃないかな。それは一つ耐えることですよ。耐え抜くこと。そういう今をね。この今の私の「かしら」で世界を見つめる在り方というかね、一番後ろで物事を見てる人いますよね、教室の一番後ろに座って見てる人、そういう感じがあるんじゃないかな、生死にしても、愛にしても。家族をやりつつ、家族を見ている。

なぞなぞ

竹　々々さんが川柳書く時って、どんな感じですか？

柳　僕ね、たまたま春陽堂書店と縁を持たせてもらって毎日川柳と短文を書く機会をもらったけれど、あそこは種田山頭火とか尾崎放哉の自由律のところなんです。だから編集者の人もどうして定型で書かないんですかと言ってこない。それも流れなのかなあと思ったのかなあ。どうして自分がそこにいるのかって考えてみると。僕は川柳の幻想や超現実、悪意、混沌なんかのコンセプトに魅かれた人間だったので、そういうふうになっているのかもしれません。ある時、これは川柳かもしれないって思う。そうしたら、それが川柳になる。

竹　々々さんは短詩といっても様々なジャンルを動き回ることができる人だから、自由なんですね。

柳　うーん、自由というより、うろうろすることって逆に抑圧だと思っていますよ。どんどん小さく小さくなっていく感じです。沈黙していく感じかな。僕は川柳と詩って近いと思っていて、渦の大小みたいに思っているところがあるので。僕が初めて現代川柳と出会った時、川柳が詩であり文学だったことの驚きは凄かったです。全然知らなかったから。誰も教えてくれなかったし。ただそういう感じ方も、やっぱり生き方が出るんじゃないかな。紫乙さんの川柳は定型にはぶれが出ないでしょ。句またがりもしないですよね。きっちりした感じで。それは紫乙さんの持ってる強さだと思うし、一つの生き方だと思う。

竹　単純に定型のリズムが好きだ、ということが大きいです。実際には句会に積極的なほうではないけれど、基本的に句は耳で聴くものだという認識はありますね。声に出した時にどうなのか、というところが気になる。自由律でも音声に変換した時にすっと耳に入ってくるリズムで書かれたものは文字数が全然気になりません。

柳　定型っていうのは挨拶みたいなところがあるんじゃないかな。僕は句会って出ないんだけれど、句会の通行証みたいなところがあるんじゃないでしょうか。共同体の仕組みのようなものが定型には埋め込まれてると思う。

竹　句会にはみんなの中で書くというこという面白さがあって、それが最大の醍醐味だと思います。みんなを楽しむ場ですね。々々さん、以前に「川柳は定型にのせられた〈しゅんかん〉の文芸」ということを書いておられましたよね。私は木村伊兵衛の写真が好きなんですが、あの方の写真って、止まっていないんです。ずーっと動いている。シャッターを切ればそれは「しゅんかん」になりそうなものなんですけれど、動いて見える。川柳でも同じような書き方ができないものかな、ということを第一句集を作る前から考えて書いていました。長くやっているとそれが書き癖のようになってしまうので、最近は意識しなくなりましたけど。

柳　それって面白い話ですね。短詩の核ってそういうことなのかもしれない。僕は写真って怖いなと思うところあるんだけれど。でも写真って、現れ得なかった体が出てくるでしょ。なんていうか、体ってじっと見てても静止はできないでしょ。すごく小さな単位で息づいていて、ふるえてて。でも写真は止まるでしょ。

死、みたいに。それって、体は体なんだけど、現れ得なかった体、で、短詩ってそういうところあるんじゃないかな。あの舞踏の人達の体にも通じていきますよね、あのピナ・バウシュとか土方巽とか、あり得ない体、の。そういうのは興味があるんですね。僕にとって定型ってもしかしたらそういうものかもしれないです。現れ得なかった瞬間、というか。

竹 定型と舞踏ですか。私、時々YouTubeでバレエの「ボレロ」を見るのが好きなんですよ。映像では映画の『愛と哀しみのボレロ』が有名ですが、一九七五年のマイヤ・プリセツカヤの踊りがお気に入りで繰り返し見ています。振付に対してのアプローチが他の人と違うなと思って。死に向かう狂気みたいなもの、感じますね。「ボレロ」はバレエの中でも特別なものなんでしょうけど、踊ること自体は本当に瞬間ですよね。句を書く行為自体も瞬間で、瞬間を焼きつけるようなところがあります。

柳 ぼくもあの映画の、療養所の辺りからかな、最後にずーっと長い時間、ボレロがかかっているシーンが好きなんだけれども、あのボレロという曲自体はあの映画の定型のような気がしますよね。例えば、『ベニスに死す』のマーラーの交響曲第五番もきっとそうですよね。

竹　きっとね。そういえば私の第二句集のテーマ音楽は、マーラーの交響曲第五番でした。作業中、これとフィッシュマンズの『Long Season』ばっかり聴いてた。

柳　話がちょっと戻るけど、〈しゅんかん〉っていうのは、詩は〈しゅんかん〉ではないので、たぶん定型も自由律も〈しゅんかん〉を描くということは同じなんじゃないかな。〈しゅんかん〉っていうのは、良くも悪くも、意味に責任をとりつつ、無責任になるというか。その〈しゅんかん〉に対する考え方ですよね。

竹　定型のおかげで無責任に世界を解き放つことができる。定型に対しては遠慮が要らないです。

柳　ふらふらしてる人が定型に依存する場合もあれば、ふらふらしながら定型から距離をとりつつ書く場合もあるだろうし。ちょっと踏み絵みたいなところもありますよね。

竹　確かに私はふらふらしてる。

柳　定型の使い方をみればその人が共同体向きかどうかなんとなくわかるし、短詩は共同体がとても大事だし。詩よりも短詩のほうが共同体の力が強いのは、数学的な、法が明文化されてるからだと思います。詩よりも教えやすいし、教えやすければ、上下の関係性を作りやすい。上下の関係性ができれば、共同体もできていく。共同体ができれば、一人だけそこから抜けるということも少し難しくなったりする。

竹 安定を指向するかしないかですね。決めつけられたり、命令されたりする安心感というものはあるので。考えたり悩まなくて済みますから。

柳 読むこともそうかもしれない。定型があればとりあえず定型から読むことができますから、公式みたいなものです。一つの眼鏡ですよね。詩になると、読み方が一人一人違ってくるし、一つ一つの詩に読み方をつくらなければならない。でも短詩は定型があるので、読みも共同的にやりやすい。

竹 でも川柳の場合は「読み手が背景や文脈を用意する」「読みの多様性こそが、わたしは〈希望〉だと思う。」というふうにも書いてたでしょう?

柳 それは別に定型から読まなくてもいいってことです。内容から読んでもいいでしょう。句集っていう文脈の中の意味として比較しながら読んでもいいし、作者としてのその人の背景から読んでもいいし、機械的にさっき紫乙さんが言ったような音やリズムとして読んでもいい。ただ、どこまでそれを自由にやっていいかは僕もちょっとわからない。『あざみ通信』上で倉本朝世さんとそれについて話したことがあるけれど、作品に対する敬意の問題になってくると思う。それはね、難しいんですよ。倫理みたいのが入ってきますね。その人のふだんの哲学や思想も生き方も。

竹　短詩の場合は特に短いので……。書かれた背景を知りたがる人って多い。そういった補足なしではいけないのか、読めないものなのか、という疑問はあります。読み方なんて本当に自分勝手で構わないことですが、批評とか評論となると「敬意」の問題は生じてしまいますね。々々さんは読む人なので、そこは気になるでしょう。

柳　敬意って一つのバイアスだから、作品の可能性を引き出すと同時に、作品をそのまま封じてしまうかもしれない。でもだからといってどこまで自由に読んでもいいのか。

竹　読みをテクスト化する場合には、少なくとも作品に対する悪意は排除しないとフェアじゃないもんね。私は単純にそこが大事だと思います。公平ってこと。

悪意って、隠せないものです。例えば俳句って暗黙の了解の世界というか、その世界に関わっていない人には理解されにくいところがあるけれど、ある程度勉強すれば世界に入っていけるでしょ。でも川柳の場合、一概にそうは言えないです よね。季語も切れも関係ないし。誤解を恐れず言ってしまえば、書かれた言葉自体にはほとんど読み解くヒントは含まれていなかったりする。見たまんまというか、映像の世界に近い。

柳　読みの正しさってどこまであるんでしょう。時代が変われば読みも変わってくることもあるかもしれないし。だとすると、正しい読みというのはなくて、常に読みと読みがぶつかりあった状態が正しいのかもしれない。ずっと問いかけ合い続ける状態です。流れるプールを泳ぎ続けるみたいに。こっちの読みもあるし、あっちの読みもある。自分の今の立場としてこの読みをとろう、と。責任の話にもなってくる。未来の時間の話にもなってくる。でもその未来の時間は過去の時間の検討にもなっている。この作品はどう読まれてきたかとか。当時の時代ではどういう意味を持っていたかとか。

竹　時代性の問題は大きいですね。句が書かれた背景を考えるなら、一番大切な部分だと思います。責任というものが生じるのだとすれば、そこかな。

柳　だから「読むことはなにか」っていうことは、こんなふうに話し合ってるときにふと考えられたりするんじゃないかな。それは句会とか合評会も大事になるだろうし、個人で感想を書き続けることだって意味を持っていると思います。

竹　今回の場合は一対一なので。人数が増えればどんどん話がずれていきますからね。二人でもずれていくのに（笑）。ただ、きちんと考え続けることは私も意味のあることだと思います。

柳　ともかくその時、どうして、私がこう読むんだろう、っていうのはとても大事なんじゃないかな。明日は違うかもしれないから。

竹　そうですね。明日のことはわからない。ということだけは真実ですね。

柳　そういうことを平成のいろんなことが起こった中で、読むことや書くことの元々の意味が変わってく中で、思ったんじゃないかな、何度も。

竹　なんでそこだけ他人事みたいな言い方すんの。そういうとこ面白いですね、々々さんは。

柳　いや、素直に言うなら、震災を通してとてもそのことを考えました。読む、ってこととか、書く、ってことが根本から変わったような気がして。でも、ほんとうは震災前から根本から変わりつつあったのかもしれないけれど。本当にそれがやって来た時にしか気付かないことがあるのかもしれないいけれど。そうして気付いていた人もいて。でも震災ってやっぱり自分が読むことや書くことを考える時すごく大きかったんです。それって、平成の一つの大きな裂け目の入ったような感覚だったんじゃないでしょうか。

竹 なるほど……。東日本大震災というのは、変な言い方ですけどとどめを刺されたような出来事だったなと思います。これまで生きてきて衝撃だった事件って、日本国内ではオウム関連の事件と、阪神淡路大震災、東日本大震災なんです。オウムの時は、世の中何でも起こり得るんだって驚いて、阪神淡路大震災の時は、関西住まいなので大揺れはしたけど自宅の被害はごく小さなもので、でも周りのたくさんの人達に被害が出て、付随する出来事としてはこの災害がきっかけで私は川柳の世界に入ることになりました。この後の東日本大震災の時、私は新大阪駅近くの会社にいましたが揺れたんですよ、大阪も。家に帰ってニュースを見てすぐに、これまでなかったような深刻なことが起きたのだとわかりました。々々さんが言う通り、大きな裂け目だと思うし、修復が困難な裂け目ですよね。でも日々、生きていくしかどうしようもない。私は被災者じゃないけれど、そのどうしようもなさが重さを増した感じはあって。これが軽くなることはなかなかないかもしれないです。そのどうしようもなさ、という地点からの書いたり、読んだり、ですね。

ゾンビ

竹　々々さんとメールのやりとりをたまにするでしょう。そうすると「必要なぼろぼろ」とか「ほろびの感覚」とか書いてありますよね。々々さんの終末感ってとても興味深いです。

柳　僕は、十代の終わりにはなんでかわからないんだけれど死ぬんだろうみたいな気持ちがあって、未来がないし、友人もいない、家族ともうまくいってない、自分には何にもない、そういう気持ちがあって。だからそのつど何回か死んできたんだとも思うんですよね、象徴的に。退学とか退職とか。自傷とかはないんだけれど、僕は集団から逃げてしまうことでなんども象徴的に死んできたようなところがあって。でもそうやって生きていても、助けてくれるというのはおかしいけれど、声をかけてくれる人がいる。それって何だか不思議ですよね。終わると、やってくる人がいる。終わりの感覚のなかで声をかけられる。人が終わろうとする時にやって来る人は何だろうって。でもゾンビってたくましいじゃないですか、自分の喰らいたいものにまっしぐらで。そういうこともできないから、だから、幽霊のような屈折した存在に近いのかな。

竹 そうですか。そうですかっていう相槌も何か変ね。私は々々さんと、ほんの数回ばかししかお会いしたことがないんですけど、いつお顔を拝見しても、とても健康そうでお元気そうです。潑剌としたゾンビですか。

柳 うーん、元気なのかな。暗いですよ。先生として働いてた時よく上の人から暗いって言われたんだけど。まあでも暗いかもねと思って。今は、どう見えようとそれはそれでその時の自分、とも思ってるんですけど。

竹 へえー。まあ、私も正直言うと、あんまりそういうの、真剣には気にしていないです。そういえば「普遍的な感情やポーズをとらなくてもやっていけるのかっていう問題」ということを書いてましたね。

柳　いつも一番に思うのが、本を出すことでも、褒められることでも、賞をなんとかしてとることでもなく、どうしたら続けられるか、ってことなんですね。もちろん今言ったことをもとても大切だとは思っているんだけれど、それらの根っこには続けることということがあると思う。詩人の松下育男さんが、「いつも書けないことの隣にわたしたちはいる」って書いていたけれど、それを自覚して、どんなふうに続けていけるか、書かないことも含めて、どう書くことを繋いでいけるか。どういう魔法やずるさや誠実さが必要なのか。そういうことをよく考えます。

竹　続けることって、壁にぶつかった時にすごく困る問題ですね。続けるか、やめるか、二つの選択肢しかないものなのかなあ。と自分に問いかければ、きっぱりやめる方が楽ではあるんです。一気に問題は解消で。でも、書かないことも含めてどう書くことを繋ぐか、というのは絶えずその問題を心に抱えて生きて行くということなので、やっぱり覚悟が必要ですね。

柳　僕はそのために句会や同人誌があってもいいと思うし、川柳をやっている上で他のジャンルを学ぶ必要があるな、と思えば、他のジャンルを学べばいいと思う。でもその時もう一つ問題になるのが、その人の目線というか姿勢だと思うんですよ。どういう姿勢で、どういう目線で生きていくのか、っていう。古代ギリシア人じゃないんだけれど、自分の位置、どんなものを書いてて、誰と書いてて、どこに向けて書いてるかで、一つ一つバランスをとっていかなければならないような気がする。それが続けることのような気がする。善も悪も含めて。

竹 なかなか難しいバランス問題です。個人的には、せめて自分だけは自分のことを見捨てたりしないで、肯定してやろう、生きてること自体を肯定して、愛してやろう。ということはしょっちゅう考えてます。こんなことを意識しなければならないくらい、しんどい時がある。

柳 うん、それね、紫乙さんの川柳読むととてもよくわかりますよ。紫乙さんの川柳ってなんか愛の秘密のようなものがあるんじゃないですか。僕はアメリカの作家のリチャード・ブローティガンという人にもそういうものを感じたことがあるけれど。なんか、愛の秘密を書いてる人っているんじゃないかな。

竹 ひみつ。秘密って、扱いが難しいものであり、言葉でもありますよ。それに対して愛というのは、意味がとっても広いものですけど、ざっくり言えば生きて行く上で不可欠なものですから。それを完全に無視して句を書くというのはむしろ難しいです。あ、これ、当然ながら恋愛のことじゃないですよ。

柳　レイモンド・カーヴァーが「表現の秘密は、何とか生き延びること」、って書いていたけれど、その生き延びることって多分、人との出会いと、その時の私の姿勢があるような気がして。上から出会うのか、下から出会うのか、同じ目線で出会うのか、誰も考えつかなかったやり方で出会うのか。

竹　生き延びるのはけっこう大変です。私が社会人になったのは平成になってからですが、どんどん働きにくくなってきていると感じます。大袈裟ではなくて先のことは全く考えられないし、今のことしかわからないという状況です。々さんと違って、私は出会いよりも別れ方のほうがもっと大事だと思うようになりました。出来事や人との出会いというのは不可抗力なので、その都度、対応していくより他ないでしょう。でも別れというのは完全に不可抗力なものではないんですよ。例えば病気や寿命のことや、災害や事件に巻き込まれた場合はどうしようもないわけですけれど、自分がある状況から立ち去るという権利はあるわけだから。さよならの練習を繰り返しているのかなあ。

柳　それも今日聴いた言葉の中ですごく大事なことですよね。僕は逆に最初多分さよならや終わりにこだわってたんだけれども、でも書くなかで変わっていって、人とどうやったらうまい出会い方ができるんだろう、って考えはじめたのかな。うまい出会い方って変ですけど、うまい失敗のようなものがあってもいいと思っていて、だからうまい失敗も含めたうまい出会い方というか。でも今の話きいたら、うまい別れ方だってあるはずだしね。

竹 そうですね。難しいですけど、きっとあるんでしょう。私は何事もそんなにうまくやれる人間じゃないんで、死ぬまで練習ばっかりやってるのかもしれないけど（笑）。

柳 根っこには、一人で書くこと、ってのもある。基本的には、一人だということ。でもその一人が一人でないことも含めて。やっぱりでもそれも姿勢じゃないかな。人を感じる幽霊の姿勢のようなもの。そのようなものがあって、続いていくんじゃないかな。私を大切にしたい、じゃなくて、私を大切にしないことを大切にしたい、って。紫乙さんの句って、どこかで、私を大切にしないことみたいのが昔からあると思うんですよね。

竹 そうですかー。以前、町田康さんがまだ町田町蔵の頃になにかのインタビューで、「自分のことがどうでもいい人ってすごいと思う」みたいなことを言っていて印象的だったんですが、その発言を思い出しました。「わたし」にとらわれ過ぎるのは不健康かもしれませんね。

柳　僕は書く中でそれを教わったけれど。でも逆の立場の人がいてもいいと思いますよね。むしろ、私は私を超大切にしたいって。それも一つの貫き方だし。私を大切にする自由、私を大切にしない自由、どちらにしてもそれを貫き通してみる。どっちもあると思う。

竹　どっちもね。

ウェブマガジン
週刊俳句　http://weekly-haiku.blogspot.com/
川柳スープレックス　http://senryusuplex.seesaa.net

参考資料
『川柳　杜人』二〇一五冬　通巻二四八号
季刊の川柳誌。発行人　都築裕孝（〒九八七 - 〇一一一　宮城県遠田郡涌谷町柳町三四）
『川柳スパイラル』創刊号（二〇一七年発行）年三回発行
http://6900.teacup.com/senspa/bbs?
『現代詩手帖』二〇一九年二月号　思潮社

対話中登場する川柳作家
時実新子
公式サイト　時実新子の川柳大学
http://shinko-tokizane.jp/
久保田紺
第一句集『銀色の楽園』（二〇〇八年　あざみエージェント）

第二句集『大阪のかたち』（二〇一五年　川柳カード）
むさし
句集『亀裂』（二〇一四年　東奥日報社）
『おかじょうき川柳社』http://okajoki.com/
倉本朝世
第一句集『硝子を運ぶ』（一九九七年　詩遊社）
第二句集『なつかしい呪文』（二〇〇八年　あざみエージェント）
あざみエージェント代表。http://azamiagent.com/

対話
柳本々々　やぎもともともと
川柳作家。詩人。第五七回現代詩手帖賞。
柳本々々×安福望『バームクーヘンでわたしは眠ったもともとの川柳日記』（二〇一九年　春陽堂書店）
注、二人の対話は、今年の春から夏にかけてメールによって行なわれた。

竹井紫乙　たけい しおと

一九七〇年大阪生まれ。一九九七年より川柳を始める。
終刊まで『月刊川柳大学』会員。
現在、びわこ番傘川柳会『川柳びわこ』会員。
第一句集『ひよこ』二〇〇五年、編集工房 円
第二句集『白百合亭日常』二〇一五年、あざみエージェント
Twitter@shiototakei
ブログ「竹井紫乙　川柳日記　白百合亭日常」
https://shirayuritei.jimdo.com/

菫《すみれ》橋《はし》

二〇一九年十月一日初版第一刷発行

著者　竹井紫乙

発行者　上野勇治
発行　港の人
神奈川県鎌倉市由比ガ浜三―一一―四九　〒二四八―〇〇一四
電話〇四六七―六〇―一三七四
ファックス〇四六七―六〇―一三七五
http://www.minatonohito.jp

装本　港の人装本室
印刷製本　シナノ印刷
ISBN978-4-89629-367-8　C0092